W9-ADC-661

CALLIE APPELLE À L'AIDE

D'après un épisode
écrit par Mike Kramer
Adapté par
Annie Auerbach
Illustré par Marco Bucci

© 2015 Les Publications Modus Vivendi inc. pour l'édition française.
© 2015 Disney Enterprises, Inc. Tous droits réservés.

Publié pour la première fois en 2015 par Disney Press sous le titre original *Callie Asks for Help*

Publié par **Presses Aventure**, une division de **Les Publications Modus Vivendi inc.**
55, rue Jean-Talon Ouest Montréal (Québec) H2R 2W8 CANADA
www.groupemodus.com

Éditeur : Marc G. Alain
Traductrice : Karine Blanchard

Dépôt légal — Bibliothèque et Archives nationales du Québec, 2015
Dépôt légal — Bibliothèque et Archives Canada, 2015

ISBN 978-2-89751-142-5

Nous reconnaissons l'aide financière du gouvernement du Canada par l'entremise du Fonds du livre du Canada pour nos activités d'édition.

Gouvernement du Québec — Programme de crédit d'impôt pour l'édition de livres — Gestion SODEC

Imprimé en Chine

Shérif Callie aime aider les autres.
Sparky aime aider aussi.

« À l'aide ! » s'écrie Monsieur
Kolinski, le fermier.
Callie et Sparky
courent à la
rescousse.

Callie vient en aide à
Monsieur Kolinski.
Ils repeignent la grange.

D'autres amis ont besoin d'aide.

Allez, Callie! Allez, Sparky!

Callie et Sparky aident Cochonnet.
Ils déplacent un gros
rocher.

Callie aide Priscilla.
Elle retrouve le chapeau
de Priscilla.

Ella demande de l'aide.

Il y a une dispute au saloon.

Bo demande de l'aide.

Ses cornilapins s'enfuient!

Allez, Callie!
Allez, Sparky!

Quel lait frappé est le meilleur?
Fraise ou banane?
Personne ne s'entend.
Callie les mélange. Miam!

Les cornilapins s'échappent !

Callie les ramène.

Callie et Sparky font
des allers-retours.
Les pattes de Sparky creusent un trou.
Le trou devient un canyon.
Callie et Sparky s'y retrouvent
coincés!

Callie lance son lasso.
Ça ne fonctionne pas.

19

Ils sautent très haut.
Mais ce n'est pas assez haut.

Ils sont toujours coincés.
Callie et Sparky ont besoin d'aide!

Callie écrit une note sur son chapeau.
Elle demande de l'aide.

À l'aide! Nous sommes coincés dans un profond canyon!

Shérif Callie et Sparky

Ils lancent le chapeau dans les airs.

Allez, chapeau !

À l'aide !
Nous sommes
coincés dans
un profond
canyon !
shérif Callie
et Sparky

Le chapeau tombe sur Peck!

Peck rassemble tous ses amis.
«Callie et Sparky ont besoin
d'aide!» dit-il.

Ils retrouvent Callie et Sparky.
Que peuvent-ils faire?

Callie lance son lasso.
Tout le monde tire.

Callie et Sparky sont saufs!

«Merci», dit Callie.

Elle est heureuse d'avoir appelé

à l'aide.

Cet endroit a changé de nom.
C'est maintenant le
Coup-de-pouce-canyon!